진짜 수업

푸른사상 동시선 22

진짜 수업

인쇄 · 2014년 12월 15일 | 발행 · 2014년 12월 23일

지은이 · 하빈
펴낸이 · 한봉숙
펴낸곳 · 푸른사상
주간 · 맹문재 | 편집 · 지순이 | 교정 · 김수란

등록 · 1999년 7월 8일 제2-2876호
주소 · 서울시 중구 충무로 29(초동) 아시아미디어타워 502호
대표전화 · 02) 2268-8706(7) | 팩시밀리 · 02) 2268-8708
이메일 · prun21c@hanmail.net /prunsasang@naver.com
홈페이지 · http://www.prun21c.com

ISBN 979-11-308-0310-4 04810
ISBN 978-89-5640-859-0 04810 (세트)

값 10,000원

 이 책은 〈부산문화재단〉 문예창작지원금으로 출판되는 책입니다.

푸른사상
동시선

22

진짜 수업

하빈 동시집

푸른사상
PRUNSASANG

나는 꽃이야, 아무렴 꽃이고말고. 그런데 왜 아무도 봐 주지 않는 거지?

개망초는 사람들의 무관심에 조바심이 났다.

"날 좀 봐 주세요."

누가 보아 주지 않는다고 꽃이 꽃 아닐 리 없으련만 누구의 관심도 얻을 수 없었던 초라함을 견딜 수가 없었다.

개망초는 향기를 날리고 있었다. 자기가 꽃이란 걸 확인이라도 하듯 향기를 날려 보내고 있었다. 향기를 좀 더 멀리 보내기 위해 안간 힘을 다해 뿌리로부터 영양분을 길어 올려야 했다. 그러나 그뿐이었다. 향기는 멀리 갔지만 꽃과 잎은 늘 파리했다.

아, 그렇구나, 개살구, 개떡, 개오동, 개꽃. 나는 '개'자가 붙은 개망초였구나!

개망초는 비로소 자신을 돌아보았다. 게접스레 뻗어 올린 부스스한 가지마다 수없이 매달린 초라한 얼굴. 누가 심지 않아도 지천으로 피는 꽃. 무심결에 피었다가 바람결에 지고 마는, 이름마저 초라한 그런 꽃에 불과했다.

어느 날, 한 소녀가 개망초의 얼굴을 살며시 감싸 쥐며 "개망초도 자세히 보니 예쁘네." 하며 향기를 맡았다. 소녀의 한마디 속에 새로운 세상이 있었다. 자기와 똑같이 생긴 친구의 얼굴을 보았다. 노란 씨방은 태양처럼 빛나고 하얀 꽃잎은 백설처럼 눈부셨다. 작다는 것은 초라한 것이 아니었고, 많다는 것은 천한 것이 아니었다.

"개망초도 자세히 보니 예쁘네." 소녀의 한마디는 인식의 경계에 자리한 문이었다. 문 이쪽엔 절망과 원망과 어둠이 있었고, 문 저쪽엔 희망과 감사와 빛이 있었다. 개망초는 문을 열고 이쪽에서 저쪽으로 건너갔다. 그곳에서는 개망초도 꽃이었다. 아름답고 향기로운 꽃이었다.(『부산일보』토요 에세이에 게재했던 저의 글「보이지 않는 유산」중에서)

나에게 동시는 개망초의 '소녀'였습니다. 스스로 묻어 두었던 자부심이 당당하게 햇빛 속으로 걸어 나왔습니다. 설레었던 첫 시집의 여운이 가시기도 전에 두 번째 시집을 내게 되어 기쁨과 걱정이 함께합니다.

시집을 흔쾌하게 출판해 주신 푸른사상과 부족한 저의 작품에 격조 높은 발문을 써 주신 공재동 선생님께 감사를 드립니다. 삽화를 그려 준 아이들아, 정말 고마워.

2014년 겨울 들머리에
황령산 기슭에서 하빈

제1부 변기에게 말 걸기

12 사랑이 넘치라고

14 나도 반가워

16 곡선은 문학

17 비밀인 거 알지?

18 용기

20 사이다처럼

21 그게 뭔데?

22 지니

24 어떤 궁금증

26 숨은 뜻

28 참 좋다

29 1촌 아니면 2촌

30 패러디

김민지(부산 남산초 4학년)

제2부 흔들림 그리고

34 아양

36 수화

37 유모

38 꽃밭

40 명작

41 바람

42 기도

44 할아버지 메모장 1

46 할아버지 메모장 2

47 너도 외롭구나

48 에이, 참

50 구름 위를 걸었다

51 정비례 공식

| 차례 |

제3부 잡동사니 구멍가게

54 금붕어

56 폐교

57 옷감

58 진짜 수업

60 찔레꽃 피면

61 달려라 엄지

62 검은 건반

64 위대한 질문

65 마술

66 민들레

68 햇빛도 곡선으로

69 매미

70 힘센 풀잎

제4부 이야기가 사는 동네

74   파랑새

76   아기 탱자나무의 꿈

78   피라미

80   물 위를 걷는 법

82   독도

84   물수제비

85   벗나무 가지에서

86   콩 타작

88   창밖

90   할머니와 참새

92   화산

97   발문 도시인 하빈과
        그의 동시 공재동

차준혁(부산 좌산초 5학년)

변비는 좋은 거야?

제1부

변기에게 말 걸기

사랑이 넘치라고
― 변기 1

친구야,
안녕!

오늘도 사람들은
머리 위에 두 팔로
너의 모습(♡)을 그리며
"사랑해."

그럴 때마다 나는
맨 처음 너를
이런 생김새로 만들어 준
그 사람 마음을 생각하지.

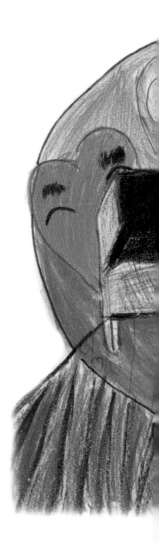

김나연(부산 죽성초 2학년)

나도 반가워
― 변기 2

옛날엔
바람도 다녀가고
눈비도 찾아오고
별빛도 내려앉는
뒤란에 있었다는데

지금은
두꺼운 벽
틈 하나 없이 닫힌 문 안
답답하고 심심하겠다.

내가
문 열고 들어서면
반갑지?

최한나(부산 좌산초 3학년)

곡선은 문학
— 변기 3

직선은 과학
곡선은 문학이라고
선생님이 그러셨어.

너는 곡선이야,
아름다운 곡선.

그래서 너를 만나면
생각이
— 반짝 —
글짓기가 잘 되나 봐.

비밀인 거 알지?
― 변기 4

콧구멍도 후비고
은지 생각도 하고
살찐다고 먹지 말라는
초콜릿도 먹고
숨겨 두었던 만화책 보며
배꼽 속 까만 깨알
파내기도 하고

만약
이곳이 없었다면?

휴 ―
이곳이 있어
정말 다행이다.

용기
— 변기 5

새침데기
예쁜 은지도

어험, 어험 하시는
교장 선생님도

나처럼
똥을 눈다고 생각하니

그것 참!
괜히 용기가 생기네.

오예원(부산 두실초 3학년)

사이다처럼
— 변기 6

너를
만나고 나오면

어려운 수학 문제
풀었을 때 기분이야.

후련

가뿐

상쾌

그게 뭔데?

― 변기 7

엄마도
너를 만나면
오래오래 있다 나오셔.

좋다는 말 대신
끙끙거리는
우리 좋아처럼

엄마도
끙끙거려.

그런데
그런 걸 변비래.

변비는
좋은 거야?

지니

— 변기 8

너 위에 앉으면
내 겨드랑이에
날개가 돋아.

안드로메다
어느 별
우주 소녀도 만나고

쥐라기로 돌아가
날개 큰 익룡과
높이 날기 시합도 하지.

상상의 날개 달면
못 가는 데 없지
못하는 것 없지

너는
내 지니야.

* 지니 : 램프의 요정.

정주원(부산 좌산초 3학년)

어떤 궁금증
— 변기 9

질량보존의 법칙이라고
너 아니?

너의 깊숙한 통로를 따라
어디론가 갔을
개들(대변 소변)

어디서
무엇이 되었는지
너 아니?

김아영(부산 대천초 4학년)

숨은 뜻
— 변기 10

똥이
더럽다고
코 잡는 사람
웃기지?

제 뱃속에도
잔뜩
넣고 다니면서.

그런데 말야,
나도 코 잡을 때 있었어.

똥이
냄새가 나는 건 말야,

하나님이 일부러
그랬을 거야.

정다현(부산 대천초 4학년)

참 좋다

— 변기 11

은지가
전학을 가 버렸다.

속상해하는 나를 보고
엄마는

— 쪼만 게 한숨은.

엄마 앞에선
속상할
자유도 없다.

네 앞에선 마음대로
속상할 수도
하소연도 할 수 있어
참 좋다.

1촌 아니면 2촌
— 변기 12

1년에 한 번
만나기도 어려운
5촌과 6촌.

한 달에 한 번
보기도 쉽지 않은
3촌과 4촌.

하루에도
몇 번씩 볼 수 있는
너는
1촌 아니면 2촌.

패러디

─ 변기 13

이곳에 앉은 내 뱃속에는
똥으로 가득 차 있습니다.
하루도 빠짐없이
여기 앉아야 하는 것은
매일 밥을 먹는 까닭입니다.

똥 한 덩어리에 건강과
똥 한 덩어리에 성적과
똥 한 덩어리에 잔소리와
똥 한 덩어리에 가기 싫은 학원과
똥 한 덩어리에 팔려간 누렁이와
똥 한 덩어리에 일주일에 이틀만 볼 수 있는 아빠와
똥 한 덩어리에 보이저 2호 따윈 궁금해하지도 않는 엄마와
똥 한 덩어리에 서은, 준서, 민아, 광호.

생일에 초대할 친구들은 너무나 가까이 있습니다.
그립지 않은 친구들을 생각하며
내 이름을 써 봅니다.

가을이 오면 지워 버린 내 이름 위에
낙엽이 쌓이겠지요.
그래도 똥 한 덩어리는
똥 한 덩어리는,

풀잎의 기도는 흔들림이다

제2부

흔들림 그리고

아양

물에 비친 불빛이
물속에서
꼬리를 흔든다.

잘 좀 봐 주세요.
꼬리를 흔든다.

물은
불보다
힘이 세다.

도경민(부산외국어초 5학년)

수화

나부끼는
잎은

허공을 향한
손짓.

뿌리가
바람에게 전하는

땅속
얘기.

유모

바람벽은
자서전 한 권.

벽면에
가지의 그림자가 흔들리는 것은

떡잎부터
유모였던 바람이

나무의 일생을
대필하는 것.

꽃밭

엄마,
목이 가늘고
키가 큰 달리아가
유달리 예뻐 보여요.

그런데 간밤에
바람 몹시 불더니
그 꽃은 이제
보이지 않네요.

정아현(부산교육대 부설초 4학년)

명작

위대한
예술 작품은

영혼의
지독한 흔들림 끝에
탄생하는 것.

우리는
그 흔들림을
감상하는 것.

바람

백화점 키드 코너에 가면
구경만 하겠다던
엄마와의 약속이 자꾸
흔들린다.

예쁜 학용품은 남실바람
멋있는 옷은 건들바람
최신 버전 게임기는 노대바람.

내 맘을 흔드는
바람
바람
바람.

기도

풀잎이
기도를 한다.

더욱 푸르게 해 달라고
기도를 한다.

풀잎의 기도는
흔들림이다.

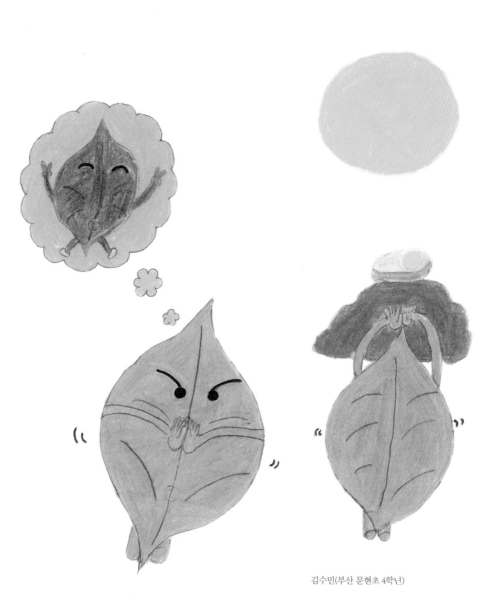

김수민(부산 문현초 4학년)

할아버지 메모장 1

첫사랑

그것이 유년기에 찾아오면
파닥거림.

사춘기에 찾아오면
떨림.

장년기에 찾아오면
흔들림.

은지를 보면 내 가슴이 팔딱거린다.
그럼 내가 은지를 사랑하는 거야?

윤성언(부산 대천초 5학년)

할아버지 메모장 2

산다는 것.

그것은
흔들리기와
중심 잡기의
끝없는
반복.

할아버지는 왜
아리송한 글만 쓰시지?

너도 외롭구나

너는
아득히
먼 하늘을 보고 있었어.

그 모습을 보며
내가 널
왜 좋아하는지 알았어.

나를 닮은
네 모습.

김태경(부산 대천초 5학년)

에이, 참

은지 청소 당번 날

형철이 녀석
무거운 책상도 옮겨 주고
대걸레도 빨아다 준다.

친구를 도와주는
착한 형철이가 미워
훔쳐보던 나는
씩씩거렸다.

김재영(부산 좌산초 3학년)

구름 위를 걸었다

청소 당번 은지
무거운 물통을
끙끙거리며 옮기고 있다.
다행히 오늘은
형철이가 보이지 않는다.

물통을 얼른 뺏어 교실까지 들어다 주고
아무 말 없이 돌아 나오는 내 등 뒤에다
툭 던지는 은지의 한마디

— 동수 너, 은근히 멋있다.

집으로
오는 길
구름을 디디며 왔다.

정비례 공식

생각할수록
밤은
길어지는 것.

보고 싶을수록
별은
많아지는 것.

하늘이 온통 옷감이다

제3부

잡동사니 구멍가게

금붕어

금붕어 뱃속에는
구슬 공장 있나 봐.

고 예쁜 입으로
계속 나온다.

잠깐만 주워 담아도
한 주머니 되겠는데

위로만 올라오면
사라져 버린다.

"너, 구슬 값
안 준다고 그러지?"

도경민(부산외국어초 5학년)

폐교

'다 어디 갔노?'

낡은 칠판
낙서 한 줄

"삐그덕"

바람이
읽는 소리만

거미줄에
걸립니다.

옷감

곤줄박이가
미루나무 오가며
또르르
또르르
하늘을 깁고 있다.

어제는
구름 저고리
오늘은
노을 치마

하늘이 온통
옷감이다.

진짜 수업

수업 끝내고
교실 밖으로 나가면
그때부터가
진짜 수업이야.

선생님 말씀은
알듯
말듯.

임아영(부산 금양초 6학년)

위 : 김민경(부산 좌산초 5학년)
아래 : 도경민(부산외국인초 5학년)

찔레꽃 피면

오월(五月)네
사랑방에
배 깔고 누운 꽃은

명주바람
효자손으로
등만 긁고 있는데

열일곱
언니는
여름이 온다고 하고.

마흔하나
엄마는
봄이 간다고 하고.

달려라 엄지

엄지가 달린다.
휴대폰 위에서

"은지야, 미안해.
 내 사과 받아 줄 거지?"

"엄마,
 친구 집에서 숙제하고 갈게요."

"기철아,
 내 생일 초대장이야. 꼭 와야 돼."

오늘도 정신없이
다다다다 달리는
엄지 우체부.

검은 건반

"시커먼스, 시커먼스."
아이들이 놀려도

"동수야,
 엄마만 검어스면 조아슬 텐데
 너를 검게 낳아서 미야하구나."
엄마가 울먹여도

참을 거야.
참을 수 있어.

언젠가
흰 건반인 너희와 어울려
멋진 음악이 될

나는
검은 건반이니까.

최한나(부산 좌산초 3학년)

위대한 질문

"아빠, 여긴 남자 화장실이잖아."
"으, 으, 음— 괜찮아, 너는 아직 어리니까."
"그런데 아빠.
 엄마와 나는 앉아서 오줌 누니까 똥도 앉아서 누지,
 아빠는 서서 오줌 누니까 똥도 서서 눠야지
 왜 앉아서 눠?"

마술
— 2014년 4월 16일

언니
오빠 모두

"얍!
 물고기가 되어라."

물고기면 어때
살 수만 있다면.

민들레

─ 한 송이 ─

봄이 되면
보도블록도
기분이 좋은가 봐.

금니 드러내고
웃는 걸 보면.

─ 두 송이 ─

봄이 오면
헐벗은 담장도
나들이 가고 싶은가 봐.

노란 색안경
맞춰 낀 걸 보면.

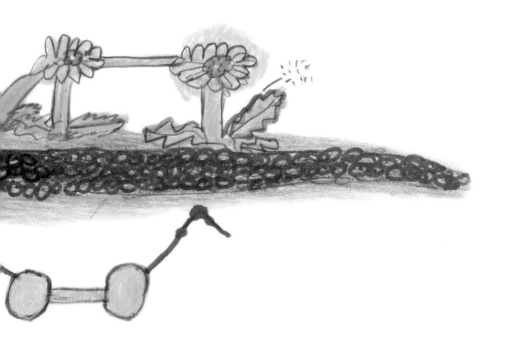

이승준(부산 신곡초 3학년)

햇빛도 곡선으로

북쪽으로 향한
골목 안쪽
우리 집

찬바람은
부르지 않아도
잘도 찾아옵니다.

하느님
곡선으로
다니는 법

햇빛에게도
좀 가르쳐 주셔요.

매미

미~움, 미~움, 미~움, 미~움
비~움, 비~움, 비~움, 비~움

스님들이
소태나무에 앉아

미~움, 미~움, 비~움, 비~움
미~움, 미~움, 비~움, 비~움

힘센 풀잎

이쪽에서 보면
상수리나무 보이고

저쪽에서 보면
작은 집 한 채

옆에서 보면
큰 산 하나 들어 있다.

그 무거운
이슬

풀잎이
팔랑
들고 있다.

이건우(부산 신곡초 3학년)

바위 속 고래들이 수군거렸다

제4부

이야기가 사는 동네

파랑새

숙모를 위해
꽃집에 다녀온 삼촌

— 여보, 당신 좋아하는 프리지어 사 왔어.
— 어머, 노란 빛깔이 너무 곱군요.
— 곱기로 하면 당신만 하려고?
— 큰일 났네. 당신 자꾸 멋져지면 안 되는데.

우 —, 저 닭살 멘트 좀 보세요.
매일 깨소금을 볶아 대는 숙모와 삼촌
정말 시각장애 1급 맞나요?

툭하면 다투는 엄마 아빠
뭐하시는지 몰라.

김민경(부산 좌산초 5학년)

아기 탱자나무의 꿈

느리게
아주 느리게
그러나 힘차게

눈부신 황금 공
하늘로 솟습니다.

저 공을 쳐 올린 선수는
틀림없이 유자나무일 거야.

유자나무는 키도 크고
팔도 길고
아름다운 황금 공을 많이 가졌다고
지나가는 바람에게 들었던 기억이
있기 때문입니다.

어른이 되면 자기도
멋진 야구 선수가 되겠다고

아기 탱자나무는 오늘도

수평선 바라보며 두 주먹
불끈 쥐어 봅니다.

방유진(부산 부곡초 6학년)

피라미

— 엄마, 나 하늘이 보고 싶어.

아기 피라미
물 위로 올라가겠다고 떼를 씁니다.

— 그래도 지금은 안 돼, 무서운 물총새가 지키고 있어.
— 물총새가 있나 없나 잘 살피면 되잖아.

성화에 못 이긴 엄마 피라미

— 그러면 얼굴은 내밀지 말고 얼른 보고 내려와.

파란 하늘에
흰 구름이 그려 놓은 그림 한 폭

— 와— 멋지다.

엄마 말씀 깜빡하고

얼굴 내미는 순간, 숨어 있던 물총새
달려들었습니다.

걱정되어 따라왔던 엄마 피라미
아가 대신 물총새에게 잡혀가 버렸습니다.

물 위를 걷는 법

물 위를 걸어가는
소금쟁이야
어쩌면 물 위를
걸을 수 있는지
소금 한 줌 줄게
가르쳐 다오.

오른발 빠지기 전
왼발 디디고
왼발 빠지기 전
오른발 디디지.

그래그래,
잘하면
나도 걸을 수 있겠다.

이수민(부산 신곡초 3학년)

독도

먼 옛날 어느 날
동해 끝자락에
섬 두 개 솟았다.

그날
반구대 바위에 새겨진
고래 두 마리가
사라졌다.

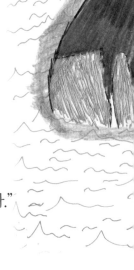

이 소식 들은
바위 속 고래들이
수군거렸다.

"아마 그 섬은 우산이와 대한일 거야."
"맞아. 걔들이 드디어 고향에 돌아간 거야."
"돌아가서 고향 바다를 영원히 지키겠다 했으니까."

* 국가지명위원회는 독도의 동도는 우산봉, 서도는 대한봉으로 부르기로 하였음.

차준혁(부산 좌산초 5학년)

물수제비

겁 없는
조약돌이

호수의 뺨을
찰싹
때립니다.

호수가 가만히 있자
다시 차, 찰싹

그래도 가만있자
자기가 겁나서 그런 줄 알고
차, 차, 차, 찰싹

그러다
꼴깍, 꼬르륵

호수에게
잡아먹혀 버렸습니다.

벚나무 가지에서

참새가
매미에게

─ 너, 단풍이 뭔지 아니?
─ 아니, 몰라.

─ 그럼 눈사람이 뭔지 아니?
─ 그것도 몰라.

─ 우리가 앉아 있는 이 가지에
　얼마나 아름다운 꽃이 피었던지
　그것도 모르겠구나.
─ 응, 몰라.

─ 그럼 네가 아는 것이 뭐니?
─ 소나기 오고
　시원한 바람 불면
　세상은 더욱 푸르러진다는 것
　그러면
　노래가 절로 나온다는 것.

콩 타작

"얘, 나하고 놀자."

가을볕이 콩깍지를
살살 간질입니다.

"나하고 놀자, 콩아."

바람도 콩깍지를
흔들어 봅니다.

그래도 꼼짝 않던
깍지 속 콩들

"요놈들,
 잘생긴 얼굴 좀 보자."

할머니가 콩깍지를
탁,
탁,
두드리면

뽀얀 손자들이
톡,
톡,
나옵니다.

박영준(부산 신곡초 3학년)

창밖

국어 시간.
선생님이 창밖을 보라고 하신다.

창밖을 보았으나
하늘만 보였다.

선생님은
한참 후
"뭐가 보이지?"

"구름과 하늘이요."
"아파트 꼭대기요."
"눈부신 햇빛이요."
"싱그러운 바람이요."

마지막으로 민아가
"엄마가 보여요."

민아 엄마는
얼마 전에 암으로 돌아가셨다.

김민경(부산 좌산초 5학년)

할머니와 참새

아파트 사이
오래된 기와집

참새가
햇빛 한 가닥 물고 내려옵니다.

"야들아, 많이 무─라.
너거 때메 쌀독이 금세 빈다 아이가."

할머니는
하루에 몇 번씩
쌀독 뚜껑을 엽니다.

포르륵 날갯짓
들녘을
불러오고

재재거리는 소리는
시냇물로

흐릅니다.

"인자 남은 것은
　너거밖에 없구나."

김민준(부산 좌산초 2학년)

화산

음악회에
같이 가기로 한
결혼기념일

오늘도 아빠는
늦게 오셨다.

드디어
화산이 폭발했다.

방 정리 똑바로 못해?
숙제는 언제 할 거야?

무거운 화산재가
집 안 구석구석 쌓인다.

지글

지글

동시 속 그림

김민지(부산 남산초 4학년)

차준혁(부산 좌산초 5학년)

김나연(부산 죽성초 2학년)

최한나(부산 좌산초 3학년)

오예원(부산 두실초 3학년)

정주원(부산 좌산초 3학년)

김아영(부산 대천초 4학년)

정다현(부산 대천초 4학년)

도경민(부산외국어초 5학년)

정아현(부산교육대 부설초 4학년)

김수민(부산 문헌초 4학년)

윤성언(부산 대천초 5학년)

김태경(부산 대천초 5학년)

김재영(부산 좌산초 3학년)

도경민(부산외국어초 5학년)

임아영(부산 금양초 6학년)

김민경(부산 좌산초 5학년)

도경민(부산외국인초 5학년)

최한나(부산 좌산초 3학년)

이승준(부산 신곡초 3학년)

이건우(부산 신곡초 3학년)

김민경(부산 좌산초 5학년)

방유진(부산 부곡초 6학년)

이수민(부산 신곡초 3학년)

차준혁(부산 좌산초 5학년)

박영준(부산 신곡초 3학년)

김민경(부산 좌산초 5학년)

김민준(부산 좌산초 2학년)

오예원(부산 두실초 3학년)

도시인 하빈과 그의 동시

공 재 동
(동시인 · 시조시인)

1. 머리말

"도시는 고향도 어머니도 없다. 아이들은 어머니가 야회에 나간 동안 그 옷깃에서 떨어진 장미꽃 냄새를 맡아 가며 고독 속에서 잠든다. 마치 등불을 들고 홀로 잠든 어린 노예처럼." 라이너 마리아 릴케의 『말테의 수기』의 한 구절이다. "아침엔 우유 한 잔, 점심엔 패스트푸드, 쫓기는 사람처럼 시계 바늘 보면서 거리를 가득 메운 자동차 경적 소리, 어깨를 늘어뜨린 학생들, 아무런 말 없이 어디로 가는가, 함께 있지만 외로운 사람들." 가수 신해철이 작사 작곡한 〈도시인〉의 한 구절이다. 도시인은 도시에서 사는 사람을 말한다. 현대인의 7, 80%가 도시에서 살고 있으니 현대인은 곧 도시인이라고 해도 좋을 것이다. 도시인 하빈이 본 이 땅의 어린이는 "요오드포름과 볶은 감자와 정신적인 불안의 냄새를 태연히 호흡하고 있는"(『말테의 수기』에서) 어린이다.

하빈 동시집 『진짜 수업』은 도시에 사는 아이들을 위한 한 시인의 우울한 노래이며 생명을 위한 시다. 그의 동시에서 모더니즘 시의 면모를 감

지할 수 있는 것은 모더니즘 문학의 대전제가 도시의 문학이며 그 자체가 자연에서 유리되어 있는 아스팔트 킨트의 성격을 가지기 때문이다.

문혜원은 「1990년대 이후의 모더니즘 시의 특징」에서 "1990년대 이후의 모더니즘 시는 도시 경험을 생래적인 것으로 한다는 것이 특징이다. 이 세대의 시인들은 병원 분만실에서 태어나 아파트 단지에서 자라고 단지 내의 놀이터와 놀이방에서 성장한 아파트 세대가 중심을 이루고 있다. 인공의 공간에서 출생하고 성장한 그들은 도시의 인공성을 자연스럽게 받아들인다. 즉 도시에서 태어난 이들에겐 도시가 바로 '자연'인 셈이다. 설령 젊은 시인들이 도시에 대한 환멸과 문명에 대한 비판 의식을 드러낸다고 하더라도 그것은 자신이 살아가는 주변 환경에 대한 감상일 뿐이지 자연친화적인 것과는 거리가 멀다"고 했다. 그렇다고 볼 때, 하빈의 동시에서 보여 주는 현실 인식 또한 모더니즘, 바로 그것이다.

2. 변기에게 말 걸기

1917년 마르셀 뒤샹은 6달러만 내면 누구든지 출품할 수 있는 '독립살롱전'에 작품 한 점을 출품했다. '샘'이라는 제목이 붙은 이 작품은 시장에서 누구나 살 수 있는 남성용 변기였다. 도시의 어디서나 볼 수 있는 남성용 변기가 한 예술가의 작품으로 전시대에 오른 것이다. 도시인 하빈이 도시인이면 누구나 하루 한 번 이상 만나야 하는 현대인의 상징이랄 수 있는 변기에 주목한 것은 어쩌면 당연한 일인지도 모른다.

옛날엔/바람도 다녀가고/눈비도 찾아오고/별빛도 내려앉는/뒤란에 있었는데//지금은/두꺼운 벽/틈 하나 없이 닫힌 문 안/답답하고 심심하겠다.//내가 문 열고 들어서면/반갑지?   — 「나도 반가워-변기 2」 전문 변기는 도시화의 산물이다. 옥외에 있던 화장실이 집 안으로 옮겨 오면서 철저하게 닫힌 공간으로 바뀌었다. 하여 변기 역시 답답하고 심심한 신세가 되고 말았다. 출구 없이 답답한 도시의 어린이에게 아이러니하게도 꽉 막힌 화장실이 피난처가 되었고 변기는 유일한 대화 상대가 되었다. 가족 누구에게도 말할 수 없는 비밀을 변기는 알고 있는 것이다.

> 직선은 과학/곡선은 문학이라고/선생님이 그러셨어.//너는 곡선이야,/아름다운 곡선.//그래서 너를 만나면/생각이/– 반짝 –/글짓기가 잘 되나 봐.
> —「곡선은 문학–변기 3」 전문

문을 잠글 수 있는 유일한 장소가 화장실이고, 변기에 앉아 있는 동안은 누구의 간섭도 피할 수가 있다. 생각할 수 있는 장소로 화장실만 한 곳이 어디 있으며, 변기만 한 의자도 없을 것이다. 콧구멍도 후비고, 만화책도 보고(변기 4). 그래서 도시의 어린이에게는 비밀이 보장되는 유일한 장소가 바로 화장실인 것이다.

> 은지가/전학을 가 버렸다.//속상해하는 나를 보고/엄마는//–쪼만 게 한숨은.//엄마 앞에선/속상할 자유도 없다.//네 앞에선 마음대로/속상할 수도/하소연도 할 수 있어/참 좋다.
> —「참 좋다–변기 11」 전문

모더니즘 시인 최승호는 1987년에 출간한 시집 『진흙소를 타고』에서 "둥근 벽 안에 미끄러지고 뒤집히는/거대한 변기의 감옥"이라고 했다. 하빈의 동시에는 속상할 자유도 없는 어린이에게 변기는 구원의 손길이 되어 준다. 마음대로 속상해하고 하소연해도 모든 걸 다 받아 주는 변기. 사랑이 넘치고(변기 1), 반갑고(변기 2), 다행스럽고(변기 4), 사이다처럼 상쾌하고(변기 6), 용기를 주는(변기 5) 변기야말로 도시 어린이에겐 램프의 요정 지니(변기 8)요, 애정과 관심의 대상 제1호인 것이다.

> 이곳에 앉은 내 뱃속에는/똥으로 가득 차 있습니다./하루도 빠짐없이/여기 앉아야 하는 것은/매일 밥을 먹는 까닭입니다.//똥 한 덩어리에 건강과/똥 한 덩어리에 성적과/똥 한 덩어리에 잔소리와/똥 한 한덩어리에 가기 싫은 학원과/똥 한 덩어리에 일주일에 이틀만 볼 수 있는 아빠와/똥 한 한덩어리에 보이저 2호 따윈 궁금해하지도 않는 엄마와/똥 한 한덩어리에 서은, 준서, 민아, 광호.//생일에 초대할 친구들은 너무나 가까이 있습니다./그립지 않은 친구들을 생각하며/내 이름을 써 봅니다./가을이 오면 지워 버린 내 이름 위에/낙엽이 쌓이겠지요./그래도 똥 한 덩어리는/똥 한 덩어리는,
>
> — 「패러디−변기 13」 전문

동시인 하빈의 진면목이 그대로 드러난 작품이다. 윤동주의 「별 헤는 밤」을 패러디한 이 동시는 또 다른 모더니즘 작가 장정일의 시 「라디오」를 연상하게 한다. "내가 그의 이름을 불렀을 때/그는 나에게로 와서/라디오가 되었다." 김춘수의 「꽃」을 패러디한 시다. 우리는 하빈의 이 동시에서 정서적이기보다는 지성적이며, 현실에 대한 초월적 태도에서 비판적인 적극성과, 청각이 아닌 시각적이라는 모더니즘 시의 전형을 보게 된다.

심사위원들이 누군가의 장난이라 치부하고 전시 기간 내내 한구석에 치워 놓았던 그 변기가 지금은 〈샘〉을 모르고는 20세기 현대 미술을 말할 수 없는 중요한 작품이 된 것처럼, 하빈의 변기에 대한 섣부른 판단은 금물이다.

3. 흔들림 그리고

하빈의 동시는 주관적이어서 자신의 머릿속에 비쳐진 모습만 본다는

모더니스트들의 문학 형태를 취한다. 다른 사람이 어떻게 보든 나만의 세계 속에서 사물을 바라보는 태도야말로 모더니즘 문학의 가장 큰 특성 중의 하나다. 그러므로 그의 동시는 어린이의 관점에서 접근하려 애쓰지도 않고 나아가 독자의 이해나 동조를 요구하지도 않는 것 같다. 2부가 이러한 특징을 잘 보여 준다.

여기서 짚고 넘어가야 할 것은 하빈의 첫 동시집과 이번 동시집의 차이이다. 첫 동시집은 모든 면에서 철저히 어린이 눈높이에 맞추어져 있었다. 과연 이 작품들이 육순이 넘은 사람의 작품이 맞나 싶을 정도로 상상력, 용어, 구성 등이 참신하고 기발하여 아이의 영혼이 아니고서는 도저히 써 낼 수 없는 작품들로 가득 차 있었다. 그런데 이번 동시집에서는 어린이에 대한 배려 같은 것에는 전혀 개의치 않는다. 따라서 어떤 연유에서인지는 몰라도 작정하고 동시에 대한 변화를 추구하지 않았나 싶다. 그 변화에 대한 섣부른 평가 또한 쉽지 않다.

제2부에서는 '흔들림'이라는 한 가지 주제에 대해 집요하게 천착하는 의식의 흐름을 보여 준다. 다만 작가의 의식 저변에는 자연과 고향을 잃어버린 도시인의 페이소스가 깔려 있다.

나부끼는/잎은//허공을 향한/손짓.//뿌리가/바람에게 전하는//땅속/얘기.
— 「수화」 전문

사색의 깊이를 엿볼 수 있는 작품이다. 본래 나뭇잎은 바람 때문에 흔들리는 것. 그런데 여기서는 역발상으로 바람에게 뿌리의 얘기를 전하기 위해, 즉 수화를 하기 위해 흔들리는 것이다. 뿌리는 자기의 손인 나뭇잎을 통해 땅속 얘기를 하고 있는 것이다. 땅속 얘기가 궁금하다. 아마 그것은 바람만이 알고 있을 터.

자동차와 지하철, 쉴 새 없이 울리는 도시의 소음, 도시인은 때로 수화로만 살아가는 세상이 그리워지기도 하고, 뿌리들이 사는 땅속의 침묵의 언어에 귀를 기울이고 싶어진다.

> 바람벽은/자서전 한 권.//벽면에/가지의 그림자가 흔들리는 것은//떡잎
> 부터/유모였던 바람이//나무의 일생을/대필하는 것.　　　─「유모」 전문

'바람벽 = 자서전 한 권'이라는 시적 발상은 얼마나 경이로운가!

비유에 있어서 본 관념과 보조관념의 거리가 멀고 1회성일수록 그 비유는 참신하고 고급스러워진다. 그러나 둘 사이의 인과 관계가 설득력을 잃으면 궤변이 되고 만다. 이 시에서 그 거리는 엄청 멀다. 그러나 그 인과 관계는 충분한 설득력을 확보하고 있어 높은 시적 아우라를 느끼게 한다.

나무를 떡잎부터 길러 온 것은 바람이다. 나무가 저렇게 성장하기까지는 오랜 세월 바람의 남모를 땀과 눈물과 애태움이 있었기에 가능했던 것이다. 바람벽에는 나뭇가지 그림자가 비치고 그림자는 나뭇가지를 따라 조용히 흔들리고 있다. 그것은 나무를 대신해 유모인 바람이 쓴 나무의 일생이다. 바람벽은 바람이 나무를 키우며 틈틈이 기록한 한 권의 육아 일기다. 문득 백석의 시「흰 바람벽이 있어」의 한 구절이 생각난다. "오늘 저녁 이 좁다란 방의 흰 바람벽에 어쩐지 쓸쓸한 것들만 오고 간다. (중략) 이 흰 바람벽에 내 가난하고 늙은 어머니가 있다."

앞 두 편의 시는 깊은 사유와 인식의 산물이다. 우리가 알지 못할 뿐 세상의 모든 존재는 의미를 갖는다. 그 의미를 해석하는 것이 시인이다.

> 엄마,/목이 가늘고/키가 큰 달리아가/유달리 예뻐 보여요.//그런데 간밤

에/바람 몹시 불더니/그 꽃은 이제/보이지 않네요.　　　　　　　—「꽃밭」 전문

　요즘 아이들은 키 크고 날씬한 사람을 선망한다. 키 크는 약을 먹고 무리한 다이어트를 한다. 너무 외모에 의존하다 보면 작은 시련에도 쉽게 꺾인다. 생을 튼튼하게 잡아 줄 내면의 뿌리가 없기 때문이다.

　　물에 비친 불빛이/물속에서/꼬리를 흔든다.//잘 좀 봐 주세요./꼬리를 흔든다.//물은/불보다/힘이 세다.　　　　　　　—「아양」 전문

　'잘 쓰면 고마운 불, 아차하면 무서운 불.' 불조심 표어처럼 불은 무섭다. 무서운 그 불을 제압하는 것은 물이다. '불난 뒤는 있어도 홍수 뒤는 아무것도 없다.'는 말처럼 물은 불보다 무섭고 강하다. 약자가 강자에게 아양을 떠는 것은 생존 전략이기도 하다. 그렇대도 오늘을 사는 우리의 자화상을 보는 것 같아 쓸쓸하다.

　　산다는 것.//그것은/흔들기와/중심 잡기의/끝없는/반복.//할아버지는 왜/아리송한 글만 쓰시지?　　　　　　　—「할아버지 메모장 2」 전문

　"흔들리지 않는 꽃이 어디 있으랴/이 세상 그 어떤 아름다운 꽃들도/다 흔들리면서 피었나니/흔들리면서 줄기를 곧게 곧게 세웠나니/흔들리면서 꽃망울 고이 고이 맺었나니/흔들리잖고 피는 사랑 어디 있으랴" 도종환의 「흔들리며 피는 꽃」 일절이다. 그래, 너도 어른이 돼야 할아버지의 글을 이해할 수 있지. 결국 '흔들림'의 주체는 바람이다. 그것이 어떤 형태로 나타나든 바람인 것은 분명하다.

　　은지 청소 당번 날//형철이 녀석/무거운 책상도 옮겨 주고/대걸레도 빨아

다 준다.//친구를 도와주는/착한 형철이가 미워/훔쳐보던 나는/씩씩거렸다.
— 「에이, 참」 전문

2부 후반부는 '첫사랑' 이야기다. 유년기에는 '파닥거림'이고 사춘기에는 '떨림'이고 장년기에는 '흔들림'이라는 첫사랑은 은지가 바로 그 주인공이다. 은지를 볼 때마다 콩닥콩닥 가슴이 뛰고 마음이 설레던 어린 시절 이야기다. 라 브뤼예르는 "사람이 진심으로 사랑하는 것은 다만 한 번뿐이다. 그것은 첫사랑이다. 그 뒤의 여러 가지 사랑은 첫사랑처럼 무의식적인 것이 아니다."고 했다.

생각할수록/밤은/길어지는 것.//보고 싶을수록/별은/많아지는 것.
— 「정비례 공식」 전문

"현실은 오직 개인적인 내면에 있다."는 모더니즘은 주체의 자유를 최대한 허용하는 문학이다. 첫사랑 은지에 대한 집착은 도시인 하빈의 주관적인 시각에 의해 선택되고 해석된다. 사랑을 할 때는 불면의 밤이 잦아진다. 생각할수록 잠은 달아나고 잠 오지 않는 밤은 더욱 길어진다. 누군가 보고 싶어지면 별을 올려다본다. 오래 보면 안 보이던 별도 자꾸 보인다. 설사 그렇더라도 길었다 짧았다 마음대로인 밤의 길이도, 많았다 적었다 하는 별의 숫자도 시인의 주관이 만든 상대적인 수치다. 이런 정비례 공식은 현실 세계에서는 존재하지 않는다.

4. 잡동사니 구멍가게

'잡동사니 구멍가게'는 도시인에게는 매우 익숙한 환경이다. 이것저것

생활에 필요한 용품들을 진열해 놓은 잡동사니 구멍가게가 도시 어디에나 있다. 하빈의 '잡동사니 구멍가게'에는 폐교, 곤줄박이, 금붕어, 찔레꽃, 민들레 같은 사물이 있는가 하면, 위대한 질문, 매미, 힘센 풀잎 같이 엉뚱한 생각과 상상도 있다. 우리에겐 비교적 익숙한 사물들이지만, 이곳에서는 매우 낯선 모습으로 나타난다. 환상을 통해 사물을 보는 느낌을 주는 것이다.

> '다 어디 갔노?'//낡은 칠판/낙서 한 줄//"삐그덕"//바람이/읽는 소리만//
> 거미줄에/걸립니다.　　　　　　　　　　　　　　　　　—「폐교」 전문

폐교 또한 대표적인 도시화의 산물이다. 사람들은 편리를 찾아 도시를 향해 떠나고, 텅 빈 폐교는 우리에게 심한 환상을 불러일으킨다. 꿈이 사라진 황폐한 공간은 낡은 칠판에 쓰인 낙서 같은 풍경으로 남았고, "삐그덕" 낙서 한 줄을 읽는 바람의 목소리가 거미줄에 걸리는 것은 어쩐지 으스스한 환상을 불러일으킨다. 바람이 낼 수 있는 단 하나의 목소리 '삐그덕'은 폐교를 더욱 으스스한 환상의 공간으로 만드는 것이다. 매우 짧지만 폐교가 가진 분위기를 이미지화하는 데 성공하고 있다.

> 곤줄박이가/미루나무 오가며/또르르/또르르/하늘을 깁고 있다.//어제는/
> 구름 저고리/오늘은/노을 치마//하늘이 온통/옷감이다.　　—「옷감」 전문

이 시의 발단은 '하늘이 온통 옷감'이라는 시인의 환상이다. '구름 저고리'와 '노을 치마'는 이 환상을 이해하는 데 기여할 뿐이다. 곤줄박이와 '옷감' 사이에는 아무런 인과 관계도 없다. 곤줄박이가 하늘을 깁는다는 사실을 설명할 수 있는 어떠한 단서도 이 시에는 없다. 곤줄박이는 하늘 옷감을 깁는 환상의 새이며, 시인의 무의식 속으로 우연히 날아든 아름

다운 새인 것이다. 이러한 환상은 「금붕어」로 이어진다. '금붕어 뱃속의 구슬 공장' 역시 환상이다.

> 오월(五月)네/사랑방에/배 깔고 누운 꽃은//명주바람/효자손으로/등만 긁고 있는데//열일곱/언니는/여름이 온다고 하고.//마흔하나/엄마는/봄이 간다고 하고.
> ─「찔레꽃 피면」 전문

의인법이 여기에 이르면 실로 아찔해진다. 오월도 찔레꽃도 의인화되었다. 명주바람(보드랍고 화창한 바람)이 찔레꽃을 스쳐 가는 나른한 오월. 열일곱 언니는 여름이 온다고 반기고, 마흔하나 엄마는 봄이 가는 것을 아쉬워한다. '오월네 사랑방'에 '배 깔고 누운 꽃'이 언니이고 엄마이며, 찔레꽃은 언니와 엄마를 이어 주는 환상의 꽃이다. 시각장애 1급인 숙모와 삼촌이 프리지어 꽃 한 다발을 놓고 주고받는 대화를 그린 「파랑새」역시 환상의 새다.

> 수업 끝내고/교실 밖으로 나가면/그때부터가/진짜 수업이야.//선생님 말씀은/알듯/말듯.
> ─「진짜 수업」 전문

도시인 하빈이 말하는 진짜 수업은 뭘 말하는 것일까? 머리로 하는 수업이 아닌 몸으로 하는 수업을 말하는 것일까? 친구들과 새들과 꽃들과 어울리는 수업을 말하는 것일까? 그도 아니면 무한 경쟁의 도시인이 살아남는 방법을 배우는 수업일까? 독자에게 끝도 없는 질문과 하 많은 생각을 요구한다.

'당신에게 있어서 진짜 수업은 무엇인가?'

어쩌면 이 질문은 본 작품집을 관통하는 테마일지도 모르겠다.

−한 송이−//봄이 되면/보도블록도/기분이 좋은가 봐.//금니 드러내고/웃는 걸 보면.//−두 송이−//봄이 오면/헐벗은 담장도/나들이 가고 싶은가 봐.//노란 색안경/맞춰 낀 걸 보면.　　　　　　　　　　　—「민들레」 전문

도시인에겐 "나쁜 도시 대 좋은 자연'이란 도식은 성립되지 않는다."는 문학평론가 문혜원의 말이 생각난다. 보도블록 사이로 얼굴을 내민 민들레를 보며 자연의 위대함을 느끼는 도식은 진부해져 버린 지 오래다. 자연 친화적인 것과는 거리가 먼 현대인에게는 그저 재미있고 신기한 현상일 뿐이다. 이것이 모더니즘 문학의 한 특징이다.

미~움, 미~움, 미~움, 미~움/비~움, 비~움, 비~움, 비~움//스님들이/소태나무에 앉아//미~움, 미~움, 비~움, 비~움/미~움, 미~움, 비~움, 비~움　　　　　　　　　　　—「매미」 전문

매미는 듣는 사람의 인식 상태에 따라 '미움 미움'으로 들릴 수 있고 '비움 비움'으로도 들릴 수 있다. 여기서는 미움을 비움으로 승화시키는 방화착을 수행 중인 스님으로 본 것이다. 속세의 업, 마음의 병을 쓰디쓴 소태, 즉 고행으로 끊어 내고 있는 것이다.

이쪽에서 보면/상수리나무 보이고//저쪽에서 보면/작은 집 한 채 //옆에서 보면/큰 산 하나 들어 있다.//그 무거운/이슬//풀잎이/팔랑/들고 있다.　　　　　　　　　　　—「힘센 풀잎」 전문

이슬 안에 상수리나무, 작은 집 한 채, 큰 산 하나가 들어 있다. 여기까지는 거저 평범한 묘사일 뿐인데, 그 무거운 이슬을 '팔랑' 들고 있는 풀잎에 이르면 묘사가 아니라 환상이다. 풀잎에는 그런 무거운 이슬이 하

나가 아니라 여러 개다.

5. 이야기가 사는 동네

이곳에 모아 둔 작품은 시적 완성도보다는 메시지의 전달에 치중한 것 같다. 쉬운 문장 속에서 작가의 의도를 금방 알아차릴 수 있기 때문이다.

이재철은 『아동문학의 이해』에서 인도주의 문학으로서의 아동문학을 이야기하면서 "인도주의 문학으로서의 아동문학은 윤리성과 교육성을 그 내용적 특질로 삼는다."고 했다. 그러면서 윤리성이란 인간이 참되게 살아가는 행동 반경의 방향이며 척도라고 했다.

'이야기가 사는 동네'는 전형적인 도시인의 동네이고 여기 사는 어린이 역시 도시의 어린이들이다. 도시의 어린이는 자연을 보아도 아름다움이나 서정을 느끼는 것이 아니고 현실적인 꿈의 대상을 보는 것이다. 여기에는 인도주의, 윤리, 교육적인 것은 없다.

> 느리게/아주 느리게/그러나 힘차게//눈부신 황금 공/하늘로 솟습니다.//저 공을 쳐 올린 선수는/틀림없이 유자나무일 거야.//유자나무는 키도 크고/팔도 길고/아름다운 황금 공을 많이 가졌다고/지나가는 바람에게 들었던 기억이/있기 때문입니다.//어른이 되면 자기도/멋진 야구 선수가 되겠다고//아기 탱자나무는 오늘도/수평선 바라보며 두 주먹/불끈 쥐어 봅니다.
> ─「아기 탱자나무의 꿈」 전문

유자나무가 부러운 것은 키도 크고 팔도 길고, 아름다운 황금 공을 많이 가졌다는 소문 때문이다. 키 크고 팔도 길고 황금 공을 많이 가지는 것이 꿈인 도시 어린이. 장래 멋진 야구 선수가 꿈인 도시 어린이. 종이 다른 탱자나무가 유자나무가 될 수 없음에도 어린 탱자나무는 막무가내로 꿈을 꾸는 것이다. 여기서는 어떤 윤리도 도덕도 문제가 되지 않으며 오직 꿈을 간직한다는 사실이 중요할 뿐이다.

> ─엄마, 나 하늘이 보고 싶어.//아기 피라미/물 위로 올라가겠다고 떼를 쓴다.//─그래도 지금은 안 돼, 무서운 물총새가 지키고 있어./─물총새가 있나 없나 잘 살피면 되잖아.//성화에 못 이긴 엄마 피라미//─그러면 얼굴은 내밀지 말고 얼른 보고 내려와.//파란 하늘에/흰 구름이 그려 놓은 그림 한 폭//─와─ 멋지다.//엄마 말씀 깜빡하고/얼굴 내미는 순간, 숨어 있던 물총새/달려들었습니다.//걱정되어 따라왔던 엄마 피라미/아기 대신 물총새에게 잡혀가 버렸습니다.　　　　　　　　　　　　──「피라미」 전문

'빨간 모자'는 17세기 페로의 동화 속 주인공이다. 어머니의 심부름으로 숲 속에 사는 할머니에게 드릴 빵과 포도주를 가지고 산길을 가다가 늑대의 꾐에 빠져 불행을 당한다. 어머니의 간곡한 당부를 잊고 마음대로 숲으로 들어간 것이 화근이 되어 할머니도 빨간 모자도 늑대에게 잡아먹히는 이야기다. 이야기는 시간이 지날수록 새로운 버전으로 각색이 되는데, 아슬아슬하게 위기를 면한 빨간 모자는 할머니와 힘을 합쳐 늑대를 죽이고 위기에서 벗어나는 것으로 페로의 의도와는 전혀 다른 이야기로 탈바꿈한다. 피라미 가족의 비극은 엄마 말을 듣지 않고 마음대로 행동한 아기 피라미에서 비롯된다. 아기 피라미의 죽음보다 엄마 피리미의 죽음이 피라미 가족에는 훨씬 더 큰 비극이 될지도 모르는 일이 벌어진 것이다. 「피라미」에서는 인도주의란 없다. 다만 가혹한 현실만 있는 것이다. 이것이 문혜원이 말하는 모더니즘 문학의 특성인 도시성이다.

> 국어 시간./선생님이 창밖을 보라고 하신다.//창밖을 보았으나/하늘만 보였다.//선생님은/한참 후/"뭐가 보이지?"//"구름과 하늘이요."/"아파트

꼭대기요.”/“눈부신 햇빛이요.”/“싱그러운 바람이요.”//마지막으로 민아
가/“엄마가 보여요.”//민아 엄마는/얼마 전에 암으로 돌아가셨다.
— 「창밖」 전문

　도시 어린이가 보는 것은 자신의 머릿속에 투영된 이미지다. 객관적으
로 존재하는 세계에는 무관심하며 타자와의 의사소통에도 관심이 없다.
민아가 보는 것은 오로지 죽은 엄마일 뿐이다. 도시 어린이가 궁극적으
로 보는 것은 구름도 하늘도 아니요, 눈부신 햇빛, 싱그러운 바람도 아닌
의식 속에 자리 잡은 어떤 존재인 것이다.

　　음악회에 같이 가기로 한/결혼기념일//오늘도 아빠는/늦게 오셨다.//드
　　디어/화산이 폭발했다.//방 정리 똑바로 못해?/숙제는 언제 할 거야?//무거
　　운 화산재가/집 안 구석구석 쌓인다.　　　　　— 「화산」 전문

　도시는 팍팍하다. 그 속에 사는 도시인의 삶도 팍팍하다. 아내와의 약
속을 지키지 못하는 아빠도, 또 그것을 견뎌야 하는 엄마의 삶도 팍팍하
다. 결국 그 속에 사는 도시의 아이들은 그 팍팍한 삶의 낙진을 감수하며
살아야 한다.

6. 맺는 말

　백철은 『한국신문학발달사』에서 우리나라의 모더니즘 시 운동은 1935
년으로 김기림을 중심으로 그동안 우리 시단의 감상적이고 영탄조의 시
풍에 반기를 들고 일어난 시 운동이 그 시발이라고 했다. 감각적이고 주
지주의적인 모더니즘 시 운동은 한동안 우리 시단을 회오리처럼 휘몰아
쳤던 것이다. 지금 우리가 말하는 모더니즘은 20세기 이후 유럽에서 일

어났던 실험적인 문학을 총칭하는 용어이다. 전통적 관습과 사실주의, 유물론적 세계관에서 벗어나려는 문학의 새로운 움직임이었다. 모더니즘 문학은 현대의 기계문명과 도시 생활을 중시하는 문예사조로 예술 자체의 순수성을 주장하며, 문학이 사상을 위한 도구로 사용될 수 없음을 강조한다.

필자는 최근 우리 동시단에 일고 있는 새로운 시풍에 대해 매우 흥미를 가지고 지켜보고 있다. 다양한 표현 기법을 시도하는가 하면, 지금까지 동시에서 볼 수 없었던 내적 독백이나 의식의 흐름과 같은 독특한 문학적 수법이 동원되고 있다. 표현주의, 미래주의, 다다이즘, 초현실주의, 입체주의, 주지주의, 이미지즘 이런 것들이 모두 모더니즘 문학에 속하는 사조들이라 할 수 있는데, 이런 모더니즘 기법을 과감하게 도입한 동시들이 심심찮게 나타나는 현상을 보고 있는 것이다. '동심은 영원히 변하지 않는 것'이라는 동심주의 이론은 급변하는 현대 문명 속에서 서서히 그 자리를 잃어 가는 것은 아닌지. "어린이는 아직도 구름과 바람의 친구이며 달과 별의 사촌"이라는 사르트르의 말이 언제까지 유효할 것인지 생각해볼 일이다.

하빈의 동시에 주목하는 것은 이런 이유에서이다. 그의 동시는 더 이상 로만주의 문학으로서의 이상성과 몽환성을, 인도주의 문학으로서의 윤리성과 교육성을 동시의 생존 원리로 인정하지 않고 있기 때문이다. 이것이 1930년대의 시단이 겪었던 모더니즘 시 운동처럼 동심이라는 굴레에 묶여 식상해진 동시단에 신선한 충격이 되어 동시의 새로운 생존 원리로 승화될 수 있을까 하는 데 있다.

모름지기 동시는 이래야만 한다는 '틀'에 대한 반기를 들듯 '동시란 무엇인가'라는 새삼스런 질문을 달고 쏟아 내는 하빈 제2동시집 발문을 쓰면서 가장 곤욕스러웠던 것은 더 이상 로만주의, 인도주의로 대표되는 동심적 입장에서 이 글을 쓸 수 없었기 때문이다. 따라서 이 작품집이 상당한 논란을 야기할 '문제 작품집'인 것만은 분명하다. 다음 동시집에서는 또 어떤 변화를 만들어 낼지 자못 궁금하다.